CB019510

Antologia de poesias
Poesia romântica brasileira

Álvares de Azevedo
Bernardo Guimarães
Casimiro de Abreu
Castro Alves
Fagundes Varela
Gonçalves Dias
Isabel Gondim
Joaquim Manuel de Macedo
Juvenal Galeno
Luís Gama
Luís Guimarães J
Narcisa Amália
Nísia Floresta Brasileira A

Organização e apresentação de Marisa Lajolo

1ª edição

COORDENAÇÃO EDITORIAL María Inés Olaran Múgica
Maristela Petrili de Almeida Leite
EDIÇÃO DE TEXTO Erika Alonso
COORDENAÇÃO DE PRODUÇÃO GRÁFICA André Monteiro, Maria de Lourdes Rodrigues
COORDENAÇÃO DE REVISÃO Estevam Vieira Lédo Jr.
REVISÃO Elaine Cristina Del Nero
EDIÇÃO DE ARTE, CAPA E PROJETO GRÁFICO Ricardo Postacchini
ILUSTRAÇÕES Eduardo Albini
DIAGRAMAÇÃO Camila Fiorenza Crispino
COORDENAÇÃO DE TRATAMENTO DE IMAGENS Américo Jesus
TRATAMENTO DE IMAGENS Fábio N. Precendo
SAÍDA DE FILMES Helio P. de Souza Filho, Marcio Hideyuki Kamoto
COORDENAÇÃO DE PRODUÇÃO INDUSTRIAL Wilson Aparecido Troque
IMPRESSÃO E ACABAMENTO Gráfica Elyon
LOTE 747169

Dados Internacionais de Catalogação na Publicação (CIP)
(Câmara Brasileira do Livro, SP, Brasil)

Antologia de poesias : poesia romântica brasileira / organização e apresentação de Marisa Lajolo. — 1. ed. — São Paulo : Moderna, 2005. — (Lendo & relendo)

Vários autores.

ISBN 85-16-04756-3

1. Modernismo - Brasil 2. Romantismo - Brasil 3. Poesia brasileira - Coletâneas I. Lajolo, Marisa. II. Série.

05-3147 CDD-869.9108

Índices para catálogo sistemático:

1. Antologia : Poesia : Literatura brasileira 869.9108
2. Poesia : Antologia : Literatura brasileira 869.9108

EDITORA MODERNA LTDA.
Rua Padre Adelino, 758 - Belenzinho
São Paulo - SP - Brasil - CEP 03303-904
Vendas e Atendimento: Tel. (0_ _11) 2790-1300
Fax (0_ _11) 2790-1501
www.modernaliteratura.com.br
2022

Impresso no Brasil

SUMÁRIO

VIAJANDO COM OS POETAS ROMÂNTICOS BRASILEIROS

O Romantismo foi um estilo de arte. Foi a moda dominante na Europa, de meados do século XVIII até a metade do século XIX. A arte romântica valorizava o indivíduo, dava rédeas soltas à imaginação e exprimia sentimentos íntimos. Expressava ideais de liberdade e buscava as raízes de diferentes povos.

Talvez por valorizar o indivíduo e seus sentimentos, a expressão *Romantismo* (e todas as outras com a mesma raiz) acabou desenvolvendo o significado que tem hoje o adjetivo *romântico*: estado de espírito sentimental, afetivo, apaixonado. Como se canta na música popular, por exemplo.

Como estilo artístico, o Romantismo chegou ao Brasil logo depois da Independência e prolongou-se até quase o final do século XIX. Abolição (1888) e República (1889), que marcam uma etapa importante da modernização do Brasil, marcam também o final desse movimento, que contribuiu de forma decisiva para a construção da imagem do Brasil.

O romance romântico — por exemplo — ensinou o Brasil a ler histórias que tinham por cenário a paisagem carioca e por personagens tipos mais brasileiros. E a poesia romântica, além de também celebrar a paisagem nacional, foi responsável pelas primeiras e sugestivas imagens de nosso povo e de nossa cultura.

Escrita num português já bastante abrasileirado, sonoro e muito musical, a poesia romântica conseguiu circulação ampla. Mais do que a prosa, a poesia se presta à leitura em voz alta, à declamação, a apresentações coletivas. Essa oralidade torna-se fator decisivo para a conquista do público num país com um baixo índice de leitores como era o Brasil do século XIX.

São vários os temas preferidos pela poesia romântica. Destaca-se, entre eles, a celebração das diferentes etnias que constituem o povo brasileiro: índios, africanos e brancos inspiraram homens e mulheres — brancos, negros e mestiços — que foram expressando a identidade plural brasileira.

Com Gonçalves Dias, ouve-se a voz da africana negra e celebra-se a América anterior ao descobrimento. Com Nísia Floresta, ouve-se o lamento e a condenação do caráter predatório da colonização europeia. Em Luís Gama, ecoa o vivo protesto pelo preconceito racial e a poesia de Castro Alves inspira-se em movimentos antiescravistas.

Além de versos de sentido mais coletivo e social, a expressão do individualismo e a confissão intimista foram também caminhos pelos quais os poetas românticos brasileiros conquistaram seu público.

Isabel Gondim, Narcisa Amália, Juvenal Galeno, Luís Guimarães Jr., Casimiro de Abreu e Álvares de Azevedo escreveram poemas líricos. Seus versos constroem diferentes tipos de beleza feminina, evocam cenas de infância, fazem confissões íntimas, falam de namoro e de amor, cantam o sonho e a paixão. Fagundes Varela desenha com palavras o tema de seus versos e em outro poema compõe uma cena delicada e leve, de um amor brincalhão.

Também leves e bem-humorados são os textos de Joaquim Manuel de Macedo e de Bernardo Guimarães, que os leitores conhecem mais como autores de romances de sucesso como *A Moreninha* e *A escrava Isaura*. Com eles se aprende que a literatura romântica não se faz apenas com lágrimas e tristezas, mas também com ironia e *nonsense*.

Foi assim, com o Romantismo, que a literatura brasileira tornou-se uma linguagem na qual aprendemos a nos exprimir, quer como povo mestiço de diferentes etnias, quer como indivíduos com diferentes sonhos de felicidade. Amplamente representada pelos poemas aqui reunidos, a poesia romântica é uma porta de entrada irresistível para uma longa e prazerosa viagem pela poesia brasileira de todos os tempos.

Boa viagem!

Marisa Lajolo

Marisa Lajolo nasceu e vive em São Paulo. Cursou Letras na Universidade de São Paulo, onde também concluiu Mestrado e Doutorado. É professora Titular do Departamento de Teoria Literária da Unicamp, onde — com o apoio do CNPq e da Fapesp — coordena o projeto Memória da Leitura http://www.unicamp.br/iel/memoria. Publicou *A formação da leitura no Brasil, Do mundo da leitura para a leitura do mundo, A leitura rarefeita, Literatura infantil brasileira: história e histórias, Monteiro Lobato, um brasileiro sob medida, Literatura: leitores e leitura, Como e por que ler o romance brasileiro*, além de ter organizado inúmeras antologias e publicado artigos em revistas especializadas no Brasil e no exterior.

O canto do piaga

Gonçalves Dias

I

Ó guerreiros da Taba sagrada,
Ó guerreiros da Tribo Tupi,
Falam Deuses nos cantos do Piaga,
Ó guerreiros, meus cantos ouvi.

Esta noite — era a lua já morta —
Anhangá me vedava sonhar,
Eis na horrível caverna, que habito,
Rouca voz começou-me a chamar.

Abro os olhos, inquieto, medroso,
Manitôs! que prodígios que vi!
Arde o pau de resina fumosa,
Não fui eu, não fui eu, que o acendi!

Eis rebenta a meus pés um fantasma,
Um fantasma d'imensa extensão;
Liso crânio repousa a meu lado,
Feia cobra se enrosca no chão.

O meu sangue gelou-se nas veias,
Todo inteiro — ossos, carnes — tremi,
Frio horror me coou pelos membros,
Frio vento no rosto senti.

Era feio, medonho, tremendo,
Ó guerreiros, o espectro que eu vi.
Falam Deuses nos cantos do Piaga,
Ó guerreiros, meus cantos ouvi!

II

Por que dormes, ó Piaga divino?
Começou-me a Visão a falar,
Por que dormes? O sacro instrumento
De per si já começa a vibrar.

Tu não viste nos céus um negrume
Toda a face do sol ofuscar;
Não ouviste a coruja, de dia,
Sons estrídulos, torva, soltar?

Tu não viste dos bosques a coma
Sem aragem — vergar-se e gemer,
Nem a lua de fogo entre nuvens,
Qual em vestes de sangue, nascer?

E tu dormes, ó Piaga divino!
E Anhangá te proíbe sonhar!
E tu dormes, ó Piaga, e não sabes,
E não podes augúrios cantar?!

Ouve o anúncio do horrendo fantasma,
Ouve os sons do fiel Maracá;
Manitôs já fugiram da Taba!
Ó desgraça! ó ruína! ó Tupá!

III

Pelas ondas do mar sem limites
Basta selva, sem folhas, i vem;
Hartos troncos, robustos, gigantes;
Vossas matas tais monstros contêm.

Traz embira dos cimos pendente
— Brenha espessa de vário cipó —
Dessas brenhas contêm vossas matas,
Tais e quais, mas com folhas; é só!

Negro monstro os sustenta por baixo,
Brancas asas abrindo ao tufão,
Como um bando de cândidas garças,
Que nos ares pairando — lá vão.

Oh! quem foi das entranhas das águas,
O marinho arcabouço arrancar?
Nossas terras demanda, fareja...
Esse monstro... — o que vem cá buscar?

Não sabeis o que o monstro procura?
Não sabeis a que vem, o que quer?
Vem matar vossos bravos guerreiros,
Vem roubar-vos a filha, a mulher!

Vem trazer-vos crueza, impiedade —
Dons cruéis do cruel Anhangá;
Vem quebrar-vos a maça valente,
Profanar Manitôs, Maracá.

Vem trazer-vos algemas pesadas,
Com que a tribo Tupi vai gemer;
Hão-de os velhos servirem de escravos
Mesmo o Piaga inda escravo há de ser!

Fugireis procurando um asilo,
Triste asilo por ínvio sertão;
Anhangá de prazer há de rir-se,
Vendo os vossos quão poucos serão.

Vossos deuses, ó Piaga, conjura,
Susta as iras do fero Anhangá.
Manitôs já fugiram da Taba
Ó desgraça! ó ruína! ó Tupá!

A escrava

Gonçalves Dias

O biem qu'aucun bien ne peut rendre!
Patrie! doux nom que l'exil fait comprendre!

Marino Faliero[1]

Oh! Doce país de Congo,
Doces terras d'além-mar!
Oh! dias de sol formoso!
Oh! noites d'almo luar!

Desertos de branca areia
De vasta, imensa extensão,
Onde livre corre a mente,
Livre bate o coração!

Onde a leda caravana
Rasga o caminho passando,
Onde bem longe se escuta
As vozes que vão cantando!

Onde longe inda se avista
O turbante muçulmano,
O Iatagã recurvado,
Preso à cinta do Africano!

---

1. Chama-se *epígrafe* o texto que um escritor transcreve no início de um poema, capítulo ou livro. Geralmente, indica a admiração do escritor pelo texto e autor transcritos e mantém relação com o assunto/tema em cujo início aparece a epígrafe.

   "Ó bem que nenhum outro pode superar,
   Pátria, doce nome que o exílio faz compreender."

Onde o sol na areia ardente
Se espelha, como no mar;
Oh! doces terras de Congo,
Doces terras d'além-mar!

Quando a noite sobre a terra
Desenrolava o seu véu,
Quando sequer uma estrela
Não se pintava no céu;

Quando só se ouvia o sopro
De mansa brisa fagueira,
Eu o aguardava — sentada
Debaixo da bananeira.

Um rochedo ao pé se erguia,
Dele à base uma corrente
Despenhada sobre pedras,
Murmurava docemente.

E ele às vezes me dizia:
— Minha Alsgá, não tenhas medo:
Vem comigo, vem sentar-te
Sobre o cimo do rochedo.

E eu respondia animosa:
— Irei contigo, onde fores!
E tremendo e palpitando
Me cingia aos meus amores.

Ele depois me tornava
Sobre o rochedo — sorrindo:
— As águas desta corrente
Não vês como vão fugindo?

Tão depressa corre a vida,
Minha Alsgá; depois morrer
Só nos resta!... — Pois a vida
Seja instantes de prazer.

Os olhos em torno volves
Espantados — Ah! também
Arfa o teu peito ansiado!...
Acaso temes alguém?

Não receies de ser vista,
Tudo agora jaz dormente;
Minha voz mesmo se perde
No fragor desta corrente.

Minha Alsgá, por que estremeces?
Por que me foges assim?
Não te partas, não me fujas,
Que a vida me foge a mim!

Outro beijo acaso temes,
Expressão de amor ardente?
Quem o ouviu? — o som perdeu-se
No fragor desta corrente.

Assim praticando amigos
A aurora nos vinha achar!
Oh! doces terras de Congo,
Doces terras d'além-mar!

Do ríspido Senhor a voz irada
Rábida soa,
Sem o pranto enxugar a triste escrava
Pávida voa.

Mas era em mora por cismar na terra,
Onde nascera,
Onde vivera tão ditosa, e onde
Morrer devera!

Sofreu tormentos, porque tinha um peito,
Qu'inda sentia;
Mísera escrava! no sofrer cruento,
Congo! dizia.

A lágrima de um Caeté

Nísia Floresta
Brasileira Augusta

Lá quando no Ocidente o sol havia
Seus raios mergulhado, e a noite triste
Denso ebânico véu já começava
Vagarosa a estender por sobre a terra;
Pelas margens do fresco Beberibe,
Em seus mais melancólicos lugares,
Azados para a dor de quem se apraz
Sobre a dor meditar que a Pátria enluta!
Vagava solitário um vulto de homem,
De quando em quando ao céu levando os olhos
Sobre a terra depois triste os volvendo...

Não lhe cingia a fronte um diadema,
Insígnia de opressor da humanidade...
Armas não empunhava, que os tiranos
Inventaram cruéis, e sob as quais
Sucumbe o rijo peito, vence o inerte,
Mata do fraco a bala o corajoso,
Mas deste ao pulso forte aquele foge...
Caía-lhe dos ombros sombreados
Por negra espessa nuvem de cabelos,
Arco e cheio carcaz de simples flechas:
Adornavam-lhe o corpo lindas penas
Pendentes da cintura, as pontas suas
Seus joelhos beijavam musculosos

Em seu rosto expansivo não se viam
Os gestos, as momices, que contrai
A composta infiel fisionomia
Desses seres do mundo social,
Que devorados uns de paixões feras,
No vício mergulhados falam outros
Altivos da virtude, que postergam
De Deus os sãos preceitos quebrantando!

Orgulhosos depois... ostentar ousam
De homem civilizado o nome, a honra!...

Não era um homem destes o que lá
Solitário vagava meditando,
Como aquele, que busca uma lembrança,
Uma ideia chamar, que lhe recorde
Um fato anterior da vida sua,
Vivamente um lugar, que já foi seu,
Do qual o Despotismo o despojara...

Era um homem sem máscara, enriquecido
Não do ouro roubado aos iguais seus,
Nem de míseros africanos d'além-mar,
Às plagas brasileiras arrastados
Por sedenta ambição, por crime atroz!
Nem de empregos que impudentes vendem,
A honra traficando! o mesmo amor!!
Mas uma alma, de vícios não manchada,
Enriquecida tinha das virtudes
Que valem muito mais que esses tesouros.

Era da natureza o filho altivo,
Tão simples como ela, nela achando
Toda a sua riqueza, o seu bem todo...
O bravo, o destemido, o grão selvagem,
O Brasileiro era... — era um Caeté!

Era um Caeté, que vagava
Na terra que Deus lhe deu,
Onde Pátria, esposa e filhos
Ele embalde defendeu!...

[...]

O meu retrato — Aos 24 anos de idade

Isabel Gondim

Morena. Rósea tez macia e fina;
Estatura meã, busto delgado;
O corrido cabelo acastanhado
Com a sobrancelha e olhos se combina.

No andar a singeleza predomina.
O talhe esbelto, o porte concentrado;
Pescoço alto; nariz, rosto tirado;
Na terna voz frescura cristalina.

Lábio rosado, a cor viva e segura,
A fronte larga e alta, a boca estreita;
As mãos... assim, sadia a dentadura.

Aos preconceitos do tempo pouco afeita:
Eis esboçada aqui minha figura,
Não sei se verdadeira ou contrafeita.

Sadness

Narcisa Amália

"Still visit thus my nights, for you reserved,
And mount my soaring soul thoughts like yours."

James Thomson[2]

Meu anjo inspirador não tem nas faces
As tintas coralíneas da manhã;
Nem tem nos lábios as canções vivaces
Da cabocla pagã!

Não lhe pesa na fronte deslumbrante
Coroa de esplendor e maravilhas,
Nem rouba(s) ao nevoeiro flutuante
As nítidas mantilhas.

Meu anjo inspirador é frio e triste
Como o sol que enrubesce o céu polar!
Trai-lhe o semblante pálido — do antiste
O acerbo meditar!

Traz na cabeça estema de saudades,
Tem no lânguido olhar a morbideza;
Veste a clâmide eril das tempestades,
E chama-se — Tristeza!...

2. "Ainda visitam minhas noites, pra ti reservadas,
E elevam minha alma flutuante pensamentos como os teus."

Menina a la moda

Joaquim Manuel de Macedo

— Ai, Maria! vem depressa,
Desaperta este colete!
Eu me sufoco... ai, já temo
Estourar como um foguete!

— Nhanhanzinha está tão bela!
Mas, enfim, dá tantos ais...
— Oh! espera! Estou bonita?
Pois então aperta mais!

Cajueiro pequenino

Juvenal Galeno

Cajueiro pequenino
Carregadinho de flor,
À sombra das tuas folhas
Venho cantar meu amor,
    Acompanhado somente
    Da brisa pelo rumor,
    Cajueiro pequenino
    Carregadinho de flor.

Tu és um sonho querido
De minha vida infantil.
Desde esse dia... Me lembro...
Era uma aurora de abril.
    Por entre verdes ervinhas
    Nasceste todo gentil,
    Cajueiro pequenino,
    Meu lindo sonho infantil.

Que prazer quando encontrei-te
Nascendo junto ao meu lar!
— “Este é meu, este defendo,
Ninguém mo venha arrancar!”
    Bradei, e logo, cuidoso,
    Contente fui te alimpar,
    Cajueiro pequenino,
    Meu companheiro do lar.

Cresceste... Se eu te faltasse,
Que de ti seria, irmão?
Afogado nestes matos,
Morto à sede no verão...
Tu que foste sempre enfermo
Aqui neste ingrato chão!
Cajueiro pequenino,
Que de ti seria, irmão?

Cresceste... Crescemos ambos...
Nossa amizade também.
Eras tu o meu enlevo,
O meu afeto o teu bem.
Se tu sofrias, eu triste
Chorava como ninguém!
Cajueiro pequenino,
Por mim sofrias também!

Quando em casa me batiam,
Contava-te o meu penar.
Tu calado me escutavas.
Pois não podias falar;
Mas no teu semblante, amigo,
Mostravas grande pesar,
Cajueiro pequenino,
Nas horas do meu penar!

Após as dores... me vias
Brincando, ledo e feliz
O tempo-será e outros
Brinquedos que tanto quis.
Depois cismando a teu lado
Em muitos versos que fiz,
Cajueiro pequenino,
Me vias brincar feliz!

Mas um dia... me ausentaram...
Fui obrigado... parti!
Chorando beijei-te as folhas...
Quanta saudade senti!
Fui-me longe... Muitos anos
Ausente pensei em ti...
Cajueiro pequenino,
Quando obrigado parti!

Agora volto, e te encontro
Carregadinho de flor!
Mas ainda tão pequeno,
Com muito mato ao redor...
Coitadinho! não cresceste
Por falta do meu amor,
Cajueiro pequenino,
Carregadinho de flor.

O vaga-lume

Luís Guimarães Jr.

A Yayá L.[3]

Foste brilhar longe, longe...
Longe, longe te perdeste:
Rasgaste as asas no espinho,
Sem luz, sem asas morreste...
— Que vale a vida? um perfume...
Um ai a vida resume,
Vaga-lume, vaga-lume...

Se brilhasses perto, perto,
Perto, perto viverias:
Ao pé da gruta e das fontes,
Da rosa e das melodias!
— Lume da noite! áureo lume,
Bebeste o fel no perfume,
Vaga-lume, vaga-lume.

Aqui tem as asas tuas
Sem mais fogo e sem mais cor!
São duas folhas rasgadas,
Duas lágrimas de amor...
— Que vale a vida? um perfume...
Um ai a vida resume,
Vaga-lume, vaga-lume.

3. A dedicatória é o espaço da página onde o poeta dedica seu poema a alguém: muitas vezes a uma mulher, cuja identidade fica preservada pela substituição de seu nome e/ou sobrenome por iniciais e/ou apelidos.

Veio a noite: abriste o voo
Da noite na solidão.
Pobre falena dum dia,
Cegou-te a luz da paixão.
— Lume da noite! áureo lume,
Bebeste o fel no perfume,
Vaga-lume, vaga-lume.

Toda a noite, a noite toda
E mais um dia também,
Disse a brisa: — "Ele não volta!"
Disse a planta: — "Ele não vem!"
— Que vale a vida? um perfume...
Um ai a vida resume,
Vaga-lume, vaga-lume.

A noite estava tão fria!
Tão frio e triste o luar!
A viração mal serzia
As quietas vagas do mar!
— Lume da noite! áureo lume,
Bebeste o fel no perfume,
Vaga-lume, vaga-lume.

Onde foste, ó mensageiro,
Teu farolzinho apagar?
Meiga pérola da noite,
Onde te foste quebrar?
— Que vale a vida? um perfume...
Um ai a vida resume,
Vaga-lume, vaga-lume.

E tu partiste e morreste!
Luz alada, alada flor!
Prendeu-te as asas a morte
— A morte, a morte de amor!
Lume da noite! áureo lume,
Bebeste o fel no perfume,
Vaga-lume, vaga-lume.

Hoje tudo está deserto,
Silente, calmo e sem luz;
Vai crescendo a parasita
Uiva o cão ao pé da cruz.
— Que vale a vida? um perfume...
Um ai a vida resume,
Vaga-lume, vaga-lume.

O grilo canta nas cinzas,
O vento abala a vidraça,
Passa o vento, passa a noite,
Passa o dia, a vida passa!
Lume da noite! áureo lume,
Bebeste o fel no perfume,
Vaga-lume, vaga-lume.

Que foste fazer tão longe,
Tão longe, longe de nós,
Exposto à noite e aos furores
Da ventania veloz?
— Que vale a vida? um perfume...
Um ai a vida resume,
Vaga-lume, vaga-lume.

Volta, oh volta — tudo é morto!
Tudo, tudo já morreu...
Nem há mais cantos na terra,
Nem mais estrelas no céu.
— Lume da noite! áureo lume,
Bebeste o fel no perfume,
Vaga-lume, vaga-lume.

Cai o ninho... os frutos secam...
O rio carrega a flor...
E nós morremos chorando
O nosso primeiro amor!
— Que vale a vida? um perfume...
Um ai a vida resume,
Vaga-lume, vaga-lume.

A cruz

Fagundes Varela

Estrelas
Singelas
Luzeiros
Fagueiros,
Esplêndidos orbes, que o mundo aclarais!
Desertos e mares, — florestas vivazes!
Montanhas audazes que o céu topetais!
Abismos
Profundos!
Cavernas
Externas!
Extensos,
Imensos
Espaços
Azuis!
Altares e tronos,
Humildes e sábios, soberbos e grandes!
Dobrai-vos ao vulto sublime da cruz!
Só ela nos mostra da glória o caminho,
Só ela nos fala das leis de — Jesus!

Ideal

Fagundes Varela

Não és tu quem eu amo, não és!
Nem Teresa também, nem Ciprina;
Nem Mercedes a loira, nem mesmo
A travessa e gentil Valentina.

Quem eu amo, te digo, está longe;
Lá nas terras do império chinês,
Num palácio de louça vermelha
Sobre um trono de azul japonês.

Tem a cútis mais fina e brilhante
Que as bandejas de cobre luzido;
Uns olhinhos de amêndoa, voltados,
Um nariz pequenino e torcido.

Tem uns pés... oh! que pés, Santo Deus!
Mais mimosos que uns pés de criança,
Uma trança de seda e tão longa
Que a barriga das pernas alcança.

Não és tu quem eu amo, nem Laura,
Nem Mercedes, nem Lúcia, já vês;
A mulher que minh'alma idolatra
É princesa do império chinês.

A valsa

Casimiro de Abreu

A M. ***

Tu, ontem,
Na dança
Que cansa,
Voavas
Co'as faces
Em rosas
Formosas
De vivo,
Lascivo
Carmim;
Na valsa
Tão falsa,
Corrias,
Fugias,
Ardente,
Contente,
Tranquila,
Serena,
Sem pena
De mim!

Quem dera
Que sintas
As dores
De amores
Que louco
Senti!
Quem dera

Que sintas!...
— Não negues,
Não mintas...
— Eu vi!...

Valsavas:
— Teus belos
Cabelos,
Já soltos,
Revoltos,
Saltavam,
Voavam,
Brincavam
No colo
Que é meu;
E os olhos
Escuros
Tão puros,
Os olhos
Perjuros
Volvias,
Tremias,
Sorrias,
P'ra outro
Não eu!

Quem dera
Que sintas
As dores
De amores
Que louco
Senti!
Quem dera
Que sintas!...
— Não negues,
Não mintas...
— Eu vi!...

Meu Deus!
Eras bela
Donzela,
Valsando,
Sorrindo,
Fugindo,
Qual silfo
Risonho
Que em sonho
Nos vem!
Mas esse
Sorriso
Tão liso
Que tinhas
Nos lábios
De rosa,
Formosa,
Tu davas,
Mandavas
A quem?!

Quem dera
Que sintas
As dores
De amores
Que louco
Senti!
Quem dera
Que sintas!...
— Não negues,
Não mintas...
— Eu vi!...

Calado,
Sozinho,
Mesquinho,
Em zelos
Ardendo,
Eu vi-te
Correndo
Tão falsa
Na valsa
Veloz!
Eu triste
Vi tudo!
Mas mudo
Não tive
Nas galas
Das salas,
Nem falas,
Nem cantos,
Nem prantos,
Nem voz!

Quem dera
Que sintas
As dores
De amores
Que louco
Senti!
Quem dera
Que sintas!...
— Não negues,
Não mintas...
— Eu vi!...

Na valsa
Cansaste;
Ficaste
Prostrada,
Turbada!
Pensavas,
Cismavas,
E estavas
Tão pálida
Então;
Qual pálida
Rosa
Mimosa,
No vale
Do vento
Cruento
Batida,
Caída
Sem vida
No chão!

Quem dera
Que sintas
As dores
De amores
Que louco
Senti!
Quem dera
Que sintas!...
— Não negues,
Não mintas...
— Eu vi!...

(1858)

Moreninha

Casimiro de Abreu

Moreninha, Moreninha,
Tu és do campo a rainha,
Tu és senhora de mim;
Tu matas todos d'amores,
Faceira, vendendo as flores
Que colhes no teu jardim.

Quando tu passas n'aldeia
Diz o povo à boca cheia:
— "Mulher mais linda não há!
"Ai! vejam como é bonita
"Co'as tranças presas na fita,
"Co'as flores no samburá!" —

Tu és meiga, és inocente
Como a rola que contente
Voa e folga no rosal;
Envolta nas simples galas,
Na voz, no riso, nas falas,
Morena — não tens rival!

Tu, ontem, vinhas do monte
E paraste ao pé da fonte
À fresca sombra do til;
Regando as flores, sozinha,
Nem tu sabes, Moreninha,
O quanto achei-te gentil!

Depois segui-te calado
Como o pássaro esfaimado
Vai seguindo a juriti;
Mas tão pura ias brincando,
Pelas pedrinhas saltando,
Que eu tive pena de ti!

E disse então: — Moreninha,
Se um dia tu fores minha,
Que amor, que amor não terás!
Eu dou-te noites de rosas
Cantando canções formosas
Ao som dos meus ternos ais.

Morena, minha sereia,
Tu és a rosa da aldeia,
Mulher mais linda não há;
Ninguém t'iguala ou t'imita
Co'as tranças presas na fita,
Co'as flores no samburá!

Tu és a deusa da praça,
E todo o homem que passa
Apenas viu-te... parou!
Segue depois seu caminho
Mas vai calado e sozinho
Porque sua alma ficou!

Tu és bela, Moreninha,
Sentada em tua banquinha
Cercada de todos nós;
Rufando alegre o pandeiro,
Como a ave no espinheiro
Tu soltas também a voz:

— "Oh! quem me compra estas flores?
"São lindas como os amores,
"Tão belas não há assim;
"Foram banhadas de orvalho,
"São flores do meu serralho,
"Colhi-as no meu jardim." —

Morena, minha Morena,
És bela, mas não tens pena
De quem morre de paixão!
— Tu vendes flores singelas
E guardas as flores belas,
As rosas do coração?!...

Moreninha, Moreninha,
Tu és das belas rainha,
Mas nos amores és má;
— Como tu ficas bonita
Co'as tranças presas na fita,
Co'as flores no samburá!

Eu disse então: — "Meus amores,
Deixa mirar tuas flores,
Deixa perfumes sentir!"
Mas naquele doce enleio,
Em vez das flores, no seio,
No seio te fui bulir!

Como nuvem desmaiada
Se tinge de madrugada
Ao doce albor da manhã;
Assim ficaste, querida,
A face em pejo acendida,
Vermelha como a romã!

Tu fugiste, feiticeira,
E de certo mais ligeira
Qualquer gazela não é;
Tu ias de saia curta...
Saltando a moita de murta
Mostraste, mostraste o pé!

Ai! Morena, ai! meus amores,
Eu quero comprar-te as flores,
Mas dá-me um beijo também;
Que importam rosas do prado
Sem o sorriso engraçado
Que a tua boquinha tem?...

Apenas vi-te, sereia,
Chamei-te — rosa da aldeia —
Como mais lindo não há.
— Jesus! Como eras bonita
Co'as tranças presas na fita,
Co'as flores no samburá!

(1857)

Clara

Casimiro de Abreu

Não sabes, Clara, que pena
Eu teria se — morena
Tu fosses em vez de *clara*!
Talvez... Quem sabe?... não digo...
Mas refletindo comigo
Talvez nem tanto te amara!

A tua cor é mimosa,
Brilha mais da face a rosa,
Tem mais graça a boca breve.
O teu sorriso é delírio...
És alva da cor do lírio,
És *clara* da cor da neve!

A morena é predileta,
Mas a *clara* é do poeta;
Assim se pintam arcanjos.
Qualquer, encantos encerra,
Mas a morena é da terra
Enquanto a *clara* é dos anjos!

Mulher morena é ardente:
Prende o amante demente
Nos fios do seu cabelo;
— A *clara* é sempre mais fria,
Mas dá-me licença um dia
Que eu vou arder no teu gelo!

A cor morena é bonita,
Mas nada, nada te imita
Nem mesmo sequer de leve.
— O teu sorriso é delírio...
És alva da cor do lírio,
És *clara* da cor da neve!

(1858)

Cantiga

Álvares de Azevedo

Em um castelo doirado
Dorme encantada donzela;
Nasceu — e vive dormindo
— Dorme tudo junto dela.

Adormeceu-a sonhando
Um feiticeiro condão,
E dormem no seio dela
As rosas do coração.

Dorme a lâmpada argentina
Defronte do leito seu:
Noite a noite a lua triste
Dorme pálida no céu.

Voam os sonhos errantes
Do leito sob o dossel,
E suspiram no alaúde
As notas do menestrel.

E no castelo, sozinha,
Dorme encantada donzela:
Nasceu — e vive dormindo
— Dorme tudo junto dela.

Dormem cheirosas abrindo
As roseiras em botão,
E dormem no seio dela
As rosas do coração!

[...]

Meu sonho

Álvares de Azevedo

EU

Cavaleiro das armas escuras,
Onde vais pelas trevas impuras
Com a espada sanguenta na mão?
Por que brilham teus olhos ardentes
E gemidos nos lábios frementes
Vertem fogo do teu coração?

Cavaleiro, quem és? o remorso?
Do corcel te debruças no dorso...
E galopas do vale através...
Oh! da estrada acordando as poeiras
Não escutas gritar as caveiras
E morder-te o fantasma nos pés?

Onde vais pelas trevas impuras,
Cavaleiro das armas escuras,
Macilento qual morto na tumba?...
Tu escutas... Na longa montanha
Um tropel teu galope acompanha?
E um clamor de vingança retumba?

Cavaleiro, quem és? — que mistério,
Quem te força da morte no império
Pela noite assombrada a vagar?

O FANTASMA

Sou o sonho de tua esperança,
Tua febre que nunca descansa,
O delírio que te há-de matar!...

Quem sou eu?

Luís Gama

> Quem sou eu? que importa quem?
> Sou um trovador proscrito,
> Que trago na fronte escrito
> Esta palavra — Ninguém! —
>
> A. E. Zaluar — *Dores e Flores*

Amo o pobre, deixo o rico
Vivo como o Tico-tico;
Não me envolvo em torvelinho,
Vivo só no meu cantinho
Da grandeza sempre longe
Como vive o pobre monge.
Tenho mui poucos amigos,
Porém bons, que são antigos,
Fujo sempre à hipocrisia,
À sandice, à fidalguia;
Das manadas de Barões?
Anjo Bento, antes trovões.
Faço versos, não sou vate,
Digo muito disparate,
Mas só rendo obediência
À virtude, à inteligência:
Eis aqui o *Getulino*
Que no plectro anda mofino.
Sei que é louco e que é pateta
Quem se mete a ser poeta;
Que no século das luzes,
Os birbantes mais lapuzes,
Compram negros e comendas,
Têm brasões, não — das Calendas,

E, com tretas e com furtos
Vão subindo a passos curtos;
Fazem grossa pepineira,
Só pela *arte do Vieira*,
E com jeito e proteções,
Galgam altas posições!
Mas eu sempre vigiando
Nessa súcia vou malhando
De tratantes, bem ou mal,
Com semblante festival.
Dou de rijo no pedante
De pílulas fabricante,
Que blasona arte divina,
Com sulfatos de quinina,
Trabusanas, xaropadas,
E mil outras patacoadas,
Que, sem pingo de rubor,
Diz a todos, que é DOUTOR!
Não tolero o magistrado,
Que do brio descuidado,
Vende a lei, trai a justiça
— Faz a todos injustiça —
Com rigor deprime o pobre,
Presta abrigo ao rico, ao nobre,
E só acha horrendo crime
No mendigo, que deprime.
— Neste dou com dupla força,
Té que a manha perca ou torça.

Fujo às léguas do lojista,
Do beato e do *sacrista* —
Crocodilos disfarçados,
Que se fazem muito honrados,
Mas que, tendo ocasião,
São mais ferozes que o Leão.
Fujo ao cego lisonjeiro,
Que, qual ramo de salgueiro,
Maleável, sem firmeza,
Vive à lei da natureza;
Que, conforme sopra o vento,
Dá mil voltas num momento.
O que sou, e como penso,
Aqui vai com todo o senso,
Posto que já veja irados
Muitos lorpas enfunados,
Vomitando maldições,
Contra as minhas reflexões.
Eu bem sei que sou qual Grilo
De maçante e mau estilo;
E que os homens poderosos
D'esta arenga receosos
Hão de chamar-me — tarelo,
Bode, negro, Mongibelo;
Porém eu que não me abalo,
Vou tangendo o meu badalo
Com repique impertinente,
Pondo a trote muita gente.

Se negro sou, ou sou bode,
Pouco importa. O que isto pode?
Bodes há de toda a casta,
Pois que a espécie é muito vasta...
Há cinzentos, há rajados,
Baios, pampas e malhados,
Bodes negros, *bodes brancos*,
E, sejamos todos francos,
Uns plebeus, e outros nobres,
Bodes ricos, bodes pobres,
Bodes sábios, importantes,
E também alguns tratantes...
Aqui, n'esta boa terra,
Marram todos, tudo berra;
Nobres Condes e Duquesas[,]
Ricas Damas e Marquesas,
Deputados, senadores,
Gentis-homens, veadores;
Belas Damas emproadas,
De nobreza empantufadas;
Repimpados principotes,
Orgulhosos fidalgotes,
Frades, Bispos, Cardeais,
Fanfarrões imperiais,
Gentes pobres, nobres gentes,
Em todos há *meus parentes*.
Entre a brava *militança*
Fulge e brilha alta *bodança*;

Guardas, Cabos, Furriéis,
Brigadeiros, Coronéis,
Destemidos Marechais,
Rutilantes Generais,
Capitães de mar e guerra,
— Tudo marra, tudo berra —.
Na suprema eternidade,
Onde habita a Divindade,
Bodes há santificados,
Que por nós são adorados.
Entre o coro dos Anjinhos
Também há muitos bodinhos.—
O amante de Siringa
Tinha pelo e má catinga;
O deus Mendes, pelas contas,
Na cabeça tinha pontas;
Jove quando foi menino,
Chupitou leite caprino;
E, segundo o antigo mito,
Também Fauno foi cabrito.
Nos domínios de Plutão,
Guarda um bode o Alcorão;
Nos lundus e nas modinhas
São cantadas as bodinhas:
Pois se todos têm *rabicho*,
Para que tanto capricho?
Haja paz, haja alegria,
Folgue e brinque a bodaria;
Cesse, pois, a matinada,
Porque tudo é *bodarrada*! —

Minha mãe

Luís Gama

Minha mãe era mui bela,
— Eu me lembro tanto d'ela,
De tudo quanto era seu!
Tenho em meu peito guardadas,
Suas palavras sagradas
C'os risos que ela me-deu.

Junqueira Freire

Era mui bela e formosa,
Era a mais linda pretinha,
Da adusta Líbia rainha,
E no Brasil pobre escrava!
Oh, que saudades que eu tenho
Dos seus mimosos carinhos,
Quando c'os tenros filhinhos
Ela sorrindo brincava.

Éramos dois — seus cuidados,
Sonhos de sua alma bela;
Ela a palmeira singela,
Na fulva areia nascida.
Nos roliços braços de ébano,
De amor o fruto apertava,
E à nossa boca juntava
Um beijo seu, que era vida[.]

Quando o prazer entreabria
Seus lábios de roixo lírio,
Ela fingia o martírio
Nas trevas da solidão.
Os alvos dentes nevados
Da liberdade eram mito,
No rosto a dor do aflito,
Negra a cor da escravidão.

Os olhos negros, altivos,
Dois astros eram luzentes;
Eram estrelas cadentes
Por corpo humano sustidas.
Foram espelhos brilhantes
Da nossa vida primeira,
Foram a luz derradeira
Das nossas crenças perdidas.

Tão terna como a saudade
No frio chão das campinas,
Tão meiga como as boninas
Aos raios do sol de Abril.
No gesto grave e sombria,
Como a vaga que flutua,
Plácida a mente — era a Lua
Refletindo em Céus de anil.

Suave o gênio, qual rosa
Ao despontar da alvorada,
Quando treme enamorada
Ao sopro d'aura fagueira.
Brandinha a voz sonorosa,
Sentida como a Rolinha,
Gemendo triste sozinha,
Ao som da aragem faceira.

Escuro e ledo o semblante,
De encantos sorria a fronte,
— Baça nuvem no horizonte
Das ondas surgindo à flor;
Tinha o coração de santa,
Era seu peito de Arcanjo,
Mais pura n'alma que um Anjo,
Aos pés de seu Criador.

Se junto à Cruz penitente,
A Deus orava contrita,
Tinha uma prece infinita
Como o dobrar do sineiro;
As lágrimas que brotavam
Eram pérolas sentidas,
Dos lindos olhos vertidas
Na terra do cativeiro.

Bandido Negro

Castro Alves

> Corre, corre, sangue do cativo,
> Cai, cai, orvalho, de sangue
> Germina, cresce, colheita vingadora
> A ti, segador a ti. Está madura.
> Aguça tua fouce, aguça, aguça tua fouce.
>
> E. SUE — *Canto dos filhos de Agar*

Trema a terra de susto aterrada...
Minha égua veloz desgrenhada,
Negra, escura, nas lapas voou.
Trema o céu... ó ruína! ó desgraça!
Porque o negro bandido é quem passa,
Porque o negro bandido bradou:

Cai, orvalho de sangue do escravo,
Cai, orvalho, na face do algoz.
Cresce, cresce, seara vermelha,
Cresce, cresce, vingança feroz.

Dorme o raio na negra tormenta...
Somos negros... o raio fermenta
Nesses peitos cobertos de horror.
Lança o grito da livre coorte,
Lança, ó vento, pampeiro de morte,
Este guante de ferro ao senhor.

Cai, orvalho de sangue do escravo,
Cai, orvalho, na face do algoz.
Cresce, cresce, seara vermelha,
Cresce, cresce, vingança feroz.

Eia! ó raça que nunca te assombras!
P'ra o guerreiro uma tenda de sombras
Arma a noite na vasta amplidão.
Sus! pulula dos quatro horizontes,
Sai da vasta cratera dos montes,
Donde salta o condor, o vulcão.

Cai, orvalho de sangue do escravo,
Cai, orvalho, na face do algoz.
Cresce, cresce, seara vermelha,
Cresce, cresce, vingança feroz.

E o senhor que na festa descanta
Pare o braço que a taça alevanta,
Coroada de flores azuis.
E murmure, julgando-se em sonhos:
"Que demônios são estes medonhos,
Que lá passam famintos e nus?"

Cai, orvalho de sangue do escravo,
Cai, orvalho, na face do algoz.
Cresce, cresce, seara vermelha,
Cresce, cresce, vingança feroz.

Somos nós, meu senhor, mas não tremas,
Nós quebramos as nossas algemas
P'ra pedir te as esposas ou mães.
Este é o filho do ancião que mataste.
Este — irmão da mulher que manchaste...
Oh! não tremas, senhor, são teus cães.

Cai, orvalho de sangue do escravo,
Cai, orvalho, na face do algoz.
Cresce, cresce, seara vermelha,
Cresce, cresce, vingança feroz.

São teus cães, que têm frio e têm fome,
Que há dez séc'los a sede consome...
Quero um vasto banquete feroz...
Venha o manto que os ombros nos cubra,
P'ra vós fez-se a púrpura rubra,
Fez-se o manto de sangue p'ra nós.

Cai, orvalho de sangue do escravo,
Cai, orvalho, na face do algoz.
Cresce, cresce, seara vermelha,
Cresce, cresce, vingança feroz.

Meus leões africanos, alerta!
Vela a noite... a campina é deserta.
Quando a lua esconder seu clarão
Seja o *bramo* da vida arrancado
No banquete da morte lançado
Junto ao corvo, seu lúgubre irmão.

Cai, orvalho de sangue do escravo,
Cai, orvalho, na face do algoz.
Cresce, cresce, seara vermelha,
Cresce, cresce, vingança feroz.

Trema o vale, o rochedo escarpado,
Trema o céu de trovões carregado,
Ao passar da rajada de heróis,
Que nas águas fatais, desgrenhadas,
Vão brandindo essas brancas espadas,
Que se amolam nas campas de avós.

Cai, orvalho de sangue do escravo,
Cai, orvalho, na face do algoz.
Cresce, cresce, seara vermelha,
Cresce, cresce, vingança feroz.

Saudação a Palmares

Castro Alves

Nos altos cerros erguido
Ninho d'águias atrevido,
Salve! — país do bandido!
Salve! pátria do jaguar!
Verde serra, onde os Palmares
— Como indianos cocares —
No azul dos Colúmbios ares
Desfraldam-se em mole arfar!

Salve! Região dos valentes,
Onde os ecos estridentes
Mandam aos plainos trementes
Os gritos do caçador!
E ao longe os latidos soam,
E as trompas da caça atroam...
E os corvos negros revoam
Sobre o campo abrasador!...

Palmares! a ti meu grito!
A ti, barca de granito,
Que no sossobro infinito
Abriste a vela ao trovão,
E provocaste a rajada,
Solta à flâmula agitada,
Aos urras da marujada,
Nas ondas da escravidão!

De bravos soberbo estádio!
Das liberdades paládio,
Tomaste o punho do gládio,
E olhaste rindo p'ra o val.

— "Surgi de cada horizonte,
Senhores! Eis-me de fronte!"
E riste... O riso de um monte!
E a ironia de um chacal!

Cantem eunucos devassos
Dos reis os marmóreos paços,
E beijem os férreos laços,
Que não ousam sacudir...
Eu canto a beleza tua,
Caçadora seminua,
Em cuja perna flutua
Ruiva a pele de um tapir!

Crioula! o teu seio escuro
Nunca deste ao beijo impuro!
Fugidio, firme, duro,
Guardaste-o p'ra um nobre amor.
Negra Diana selvagem,
Que escutas, sob a ramagem,
As vozes, que traz a aragem,
Do teu rijo caçador!

Salve! — Amazona guerreira!
Que nas rochas da clareira
— Aos urros da cachoeira —
Sabes bater e lutar...
Salve! — nos cerros erguido —
Ninho onde em sonho atrevido
Dorme o condor... e o bandido,
A liberdade... e o jaguar!

(1870)

Soneto

Bernardo Guimarães

Eu vi dos polos o gigante alado,
Sobre um montão de pálidos coriscos,
Sem fazer caso dos bulcões ariscos,
Devorando em silêncio a mão do fado!

Quatro fatias de tufão gelado
Figuravam da mesa entre os petiscos;
E, envolto em manto de fatais rabiscos,
Campeava um sofisma ensanguentado!

— "Quem és, que assim me cercas de episódios?"
Lhe perguntei, com voz de silogismo,
Brandindo um facho de trovões seródios.

— "Eu sou" — me disse, — "aquele anacronismo,
Que a vil coorte de sulfúreos ódios
Nas trevas sepultei de um solecismo..."

NOTAS BIOGRÁFICAS

ÁLVARES DE AZEVEDO

Nascido em São Paulo em 1831, Álvares de Azevedo morreu, muito jovem, no Rio de Janeiro em 1852. Sua poesia está reunida nas duas partes de *Lira dos vinte anos*. Deixou em prosa um conjunto de contos meio satânicos, intitulados *Noite na taverna*.

ANTONIO GONÇALVES DIAS

Maranhense, Gonçalves Dias nasceu em 1823 e morreu em 1864. Seu pai era um comerciante português, e sua mãe, mestiça de índia e africano. Estudou Direito em Coimbra e desempenhou várias funções na Europa para o governo brasileiro.

Suas obras mais conhecidas são *Primeiros cantos, Segundos cantos, Sextilhas de Frei Antão* e *Últimos cantos.*

BERNARDO GUIMARÃES

Bernardo Joaquim da Silva Guimarães era mineiro, juiz de direito, professor e jornalista. Autor do conhecidíssimo romance *A escrava Isaura*, escreveu também vários livros de versos como *Cantos da solidão*, *Poesias* e *Novas poesias*. Nasceu em 1825 e morreu em 1884.

CASIMIRO DE ABREU

Casimiro de Abreu nasceu em 1829 no Rio de Janeiro, onde também faleceu em 1860. Sua poesia lírica e delicada foi publicada no volume *As primaveras*.

CASTRO ALVES

Castro Alves nasceu no interior da Bahia em 1847 e morreu em Salvador em 1871. Ativo militante da causa abolicionista, líder estudantil e até hoje um dos poetas mais conhecidos do Brasil, escreveu *Espumas flutuantes*, *A cachoeira de Paulo Afonso* e *Os escravos*. Deixou também uma peça de teatro, *Gonzaga ou A revolução em Minas*.

FAGUNDES VARELA

Nascido no Rio de Janeiro em 1841, Fagundes Varela morreu em Niterói em 1875. Não chegou a concluir o curso de Direito, mas participou ativamente da vida literária de seu tempo. Seu talento poético manifesta-se em inúmeras obras, entre as quais *O estandarte auriverde*, *Vozes da América*, *Cantos e Fantasias*, *Anchieta ou O evangelho na selva* e *Cantos religiosos*.

ISABEL GONDIM

Isabel Gondim nasceu em 1839 no Rio Grande do Norte, onde faleceu em 1933. Professora e escritora, foi uma das primeiras mulheres a deixar considerável produção literária, destacando-se os textos *Reflexões a minhas alunas*, *O Brasil*, *Lira singela* e *O preceptor*.

JOAQUIM MANUEL DE MACEDO

Joaquim Manuel de Macedo nasceu em 1820 e morreu em 1892. Foi médico, professor e autor do primeiro romance brasileiro de grande sucesso entre o público: *A Moreninha*, ao qual se seguiram muitos outros. Foi também poeta.

JUVENAL GALENO

Juvenal Galeno era cearense: nasceu em Fortaleza em 1836, onde faleceu em 1931. De família humilde, ganhou destaque na vida intelectual de Fortaleza, para onde retornou depois de breve permanência no Rio de Janeiro. Deixou os livros *Prelúdios poéticos*, *Canções da escola* e *Lira Cearense*.

LUÍS GAMA

Luís Gama nasceu na Bahia em 1830, filho de uma africana livre e de um branco fidalgo. Vendido como escravo pelo pai, conseguiu, por esforço próprio, formar-se em Direito. Militante da causa abolicionista, morreu em São Paulo em 1882 e deixou os livros *Primeiras trovas burlescas* (de Getulino) e *Novas trovas burlescas*.

LUÍS GUIMARÃES JR.

Carioca, Luís Guimarães Júnior nasceu em 1845 e morreu em 1898 em Portugal. Sua poesia era extremamente apreciada e se distribui pelos livros *Corimbos*, *Filigranas* e *Sonetos e rimas*.

NARCISA AMÁLIA DE CAMPOS

Nascida em São João da Barra (RJ) em 1852, Narcisa Amália morreu no Rio de Janeiro em 1924. Destacada militante da causa abolicionista, recebeu referência elogiosa de Machado de Assis. Dentre suas obras destacam-se os poemas de *Nebulosas* e os contos de *Nelúmbia*.

NÍSIA FLORESTA BRASILEIRA AUGUSTA

Nísia Floresta Brasileira Augusta foi o pseudônimo escolhido por Dionísia Gonçalves Pinto, que nasceu no Rio Grande do Norte em 1810 e morreu na França em 1885. Pioneira na defesa dos direitos femininos e da abolição da escravatura, entre suas obras incluem-se *Direitos das mulheres e injustiça dos homens*, *Conselhos a minha filha*, *A lágrima de um caeté* e *Opúsculo humanitário*.

BIBLIOGRAFIA

(Livros que serviram de base para a reprodução dos poemas)

ABREU, Casimiro de. *Casimiro de Abreu: poemas de Casimiro de Abreu*. Org. e introdução de João Pacheco. São Paulo, Cultrix, 1971.

ALVES, Castro. *Castro Alves: poesias completas*. Org. Jamil Almansur Haddad. São Paulo, Editora Nacional, 1959.

AUGUSTA, Nísia Floresta Brasileira. *A lágrima de um Caeté*. Edição atualizada com notas e estudo crítico de Constância Lima Duarte. Natal, Fundação José Augusto, 1997.

AZEVEDO, Álvares de. *Obras completas*. Edição organizada e anotada por Homero Pires. Cia. Editora Nacional, 1942.

BANDEIRA, Manuel. (org.) *Antologia de poetas brasileiros da fase romântica*. Rio de Janeiro, Imprensa Oficial, 1937.

BEZERRA, Katia da Costa. (org.) *Tirando do baú: antologia de poetas brasileiras do século XIX*. Belo Horizonte, Faculdade de Ciências Humanas de Pedro Leopoldo, 2003.

DIAS, Gonçalves. *Poesia e prosa completas*. Org. de Alexei Bueno. Rio de Janeiro, Nova Aguilar, 1998.

DUARTE, Constância Lima e MACÊDO, Diva Maria Cunha Pereira de. (orgs.) *Literatura do Rio Grande do Norte – Antologia.* Natal, Fundação José Augusto, Secretaria de Estado da Tributação, 2001.

GAMA, Luís. *Primeiras trovas burlescas*. Org. e introdução de Ligia Ferreira. São Paulo, Martins Fontes, 2000.

GUIMARÃES, Bernardo. *Poesias Completas de Bernardo Guimarães*. MEC/INL: 1959.

VARELA, Fagundes. *Obras completas de Fagundes Varela*. Org. e apresentação de Miécio Tati e Carrera Guerra. Cia. Editora Nacional, 1957.

WERNECK, Eugenio. (org.) *Antologia brasileira*. 23 ed. Livraria Francisco Alves, 1943.